玫瑰的國度

蕓朵

【目錄】

跨世紀與跨領域的詩學詩藝——台灣詩學季刊社二十周年慶／蕭蕭 8
翅膀與自由——序雲朵詩集《玫瑰的國度》／白靈 14
時光，倒著走——自序 33

6月，未完

純粹說說 39
懷疑 41
憑弔什麼 43
夏日的孤獨是堅決的影子 46
滄桑，在雨天 47
成人的眼淚，很鹹 50
一些悲涼就是了 52

5月。繾綣流光

生命如此寂寞 55
當死亡喚醒愛情 56
誰把愛情喚作永恆？ 59
雲水謠的午後 61
尋你，總在浮光片羽 64

4月，雲說

糖罐裏的愛情 67

3月，回聲

心醉的開始 71
你被愛情綁架之後 72

2月，交錯

燈與女人 77
親愛的，請別再吞吐悲傷 78

1月，寒。未春

玫瑰的國度 83
泡一杯好茶，等你 86
死亡或者愛情都隨你意 88

12月。夢境的長河

你近的好遠 93
那天你忘了說再見 96
終端機裏的人 98
記憶的影子 100

和你的深情對望 102
聽說昨日 103

11月。深秋

隱形的哀愁 107
深夜讀張愛玲 110
你的愛情走失的時候 112
你即將靠站的火車 114
關於對愛人的思念能得幾分 117
路邊小菊為你綻放 118

10月。你，消失在島嶼邊緣

夜裏有一枚硬幣掉落 123
出夢 124
我遇見而我錯過 126
秋之愁緒 127
舊情人 129

9月，謠言

別讓愛情飄落在你窗前 133
香水 134
融雪的冬天問答集 135
歌迷種下的？ 137
買賣這筆生意 139
美麗的狂歡 141
花影深處 143
失戀如水中倒影 145
失去井邊一朵紅玫瑰 147
葡萄美酒夜光杯 149
看我聽我你就會知道 151

今年中秋的月是否特別明 153
中秋的月聽說是最圓的 156
親愛的，變調了 159
陪你走過的那些路 161
留予後人說愛情 164
秋天的影子 166
我認識你？不認識你 167

8月，荷花

表格 171
愛之重 173
雨後，寂寞的影子開始成形 174
你昨夜吹來的風 175
你用寂寞在敲我的窗 177
你的雨下在我的窗前 179
聽葉子在呼吸 181
擁抱 183
綠潭也呢喃 184
雲月遊戲 186
找一個晴朗的夜空，讀詩 188
月偷偷溜出家門 189
猜—— 191
詩與你 192
找夢 193
寂寞 194
秋來 195
日影深處隨著光舞動 196
秘密 197
飛機起飛 199
請安靜 200

我不是小孩，卻住著一個小孩的靈魂 202
以月光調酒 203
我選擇 204
繫 205
男人 207
月光奏鳴曲 208
你無解的難題 211
木乃伊 214
蚊子 216

7月，最初或者最後

隱居 219
世界如何 221
失約 223
荷花說話 224
碧潭原委 227
下午喝茶 231
遺忘 234
想你 235
茶香喚我從夢中醒來 236
你不知道的事 238
回眸 241
海岸線畫著我的憂傷 242
我們的情詩 244

〔總序〕

跨世紀與跨領域的詩學詩藝

——台灣詩學季刊社二十周年慶

蕭蕭

「台灣詩學季刊雜誌社」創辦於一九九二年，當初參與創辦的八位詩人（尹玲、白靈、向明、李瑞騰、渡也、游喚、蘇紹連、蕭蕭）具有足以聚焦的共識，一是為台灣新詩的創作與發達，貢獻心力，二是為建立台灣觀點的詩學體系，累積學力。因此，「挖深織廣，詩寫台灣經驗；剖情析采，論說現代詩學」成為「台灣詩學季刊雜誌社」目標顯著的文字「logo」。誠如長期擔任社長職位的李瑞騰（一九五二－）在〈與時潮相呼應——台灣詩學季刊社十五周年慶〉所說：「我們站在上世紀九〇年代，面對台灣現代新詩的處境與發展，存有憂心；

對於文學的歷史解釋，頗為焦慮。我們選擇組社辦刊，通過媒體編輯及學術動員，在現代新詩領域強力發聲，護衛詩與台灣的尊嚴。」這是對詩藝的執著，對台灣新詩史、新詩學的歷史承擔。《台灣詩學》的歷史使命如此昭然若揭，從此展開跨越世紀的不懈奮鬥旅程。

一九九二至二〇〇二的前十年，《台灣詩學》經歷向明（董平，一九二八—）、李瑞騰兩位社長，白靈（莊祖煌，一九五一—）、蕭蕭（蕭水順，一九四七—）兩位主編，以季刊方式發行四十期二十五開本詩雜誌，評論與創作同步催生，在眾多偏向詩作發表的詩刊中獨樹一幟，對於增厚新詩學術地位，推高現代詩學層次，顯現耀眼成績。

二〇〇三年五月改變編輯路向，易名為《台灣詩學學刊》，邁向純正學術論文刊物之路，每篇論文經過匿名審查，通過後始得刊登，是一份理論與實踐並重、歷史與現實兼顧的二十開本整合型詩學專刊（半年一期），也是台灣地區最早成為THCI期刊審核通過的詩雜誌，首任學刊主編鄭慧如（一九六五—）負責前五年十期編務，設計專題，率先引領風騷，達陣成功。繼任主編為詩人唐捐（劉正忠，一九六八—），賡續理想，擴大諮商對象，將詩學學刊提升為華文世界備受矚目的詩學評論專刊。

二〇〇三年六月十一日「台灣詩學」同仁蘇紹連（一九四九—）以個人力量闢設「台灣詩學・吹鼓吹詩論壇」網站（http://www.taiwanpoetry.com/phpbb3/），原先在網頁上到處尋訪知音的新詩寫作者，彷彿遇到了巨大的磁石，紛紛自動集結在蘇紹連四周，「吹鼓吹詩論壇」網站儼然成為台灣地區最大的現代詩交流平台，以二〇一二年五月而言，網站上的版面除〔台灣詩學總壇〕、〔詩學論述發表區〕之外，可供網友發表詩創作的區塊，以類型分就有散文詩、圖象詩、隱題詩、新聞詩、小說詩、無意象詩、台語詩、童詩、國民詩等，以主題分則有政治詩、社會詩、地方詩、旅遊詩、女性詩、男子漢詩、同志詩、性詩、預言詩、史詩、原住民詩、惡童詩、人物詩、情詩、贈答詩、詠物詩、親情詩、勵志詩等，另有跨領域詩作：影像圖文、數位詩、應用詩、朗誦詩、歌詞・曲等等，不可或缺的意見交誼廳、詩壇訊息、民意調查、詩人寫真館、訪客自由寫、個人專欄諸項，項項俱全，文章總數已達十二萬篇以上，網頁通路所應擁有的功能無不具足，新詩創作、評論與教學所應含括的範疇與內容，無不齊備。二〇〇五年九月紙本《吹鼓吹詩論壇》在蘇紹連主導下隆重出版，這是將半年來網路論壇上所發表的詩作，披沙揀金，選出傑異作品刊登於《吹鼓吹詩論壇》雜誌上，台灣網路詩作不僅可以快速在網路上流傳，還可以以紙本的面貌與傳統性質的現代詩刊一較短長，網界盛事，也是詩壇新聞，「台灣詩學」因而成為臺灣新詩史上同時發行嚴正高規格的「學刊」與充滿青春活力「吹鼓吹」的雙刊同仁集團。前任社長李瑞騰所期許的「台灣現代新詩具體而微的百科全書」，「吹鼓吹詩論壇」網站與紙本的刊行，應已達成。

二〇一二年，「台灣詩學季刊雜誌社」創社二十週年，檢視這二十年的足跡，我們不改最早創刊的初衷，不負「台灣」、「詩學」的遠大理想，一直站在台灣土地的現實上向詩瞭望，跨世紀、跨領域增強詩學、詩藝，將以十六冊書籍的出版，兩本詩刊《台灣詩學學刊》、《吹鼓吹詩論壇》的持續發行，展現我們的決志與毅力，繼續向詩、向未來瞭望與邁進。

台灣詩學同仁在創作與評論上分頭努力，因此在二十週年社慶時我們出版六冊詩集、兩冊論集（均由秀威資訊公司出版），詩集是向明的《低調之歌》、尹玲的《故事故事》、蕭蕭的《雲水依依——蕭蕭茶詩集》、蘇紹連的《少年詩人夢》、白靈的《詩二十首及其檔案》、蕓朵的《玫瑰的國度》，含括了年紀最長的向明，寫詩資歷最淺、由評論界跨足創作領域的雲朵（李翠瑛）；中生代的四位詩人各有特色，尹玲配合照片說故事，蕭蕭配以小學生的繪圖專力寫作茶詩，蘇紹連則解剖自己，以詩話的舒緩語氣說他的少年詩人夢，白靈不改科學家與新詩教育家精神，以自己寫詩歷程的各階檔案，如實印製，期能對寫詩晚輩有所啟發。論集是新世代評論家林于弘（方群）的《熠熠群星：臺灣當代詩人論》、解昆樺的《台灣現代詩典律與知識地層的建構推移：以創世紀與笠詩社為觀察核心》，對於詩人、詩社的發展，全面關注，深刻觀察。

此外，跨領域的合作，還包括與海內外學界合作出版《閱讀白靈》（秀威）、《網路世紀．故里情懷》（萬卷樓）學術研討會論文集，編輯海內外第一本網路世代詩人選《世紀吹鼓吹》、海內外第一本《台灣生態詩》（爾雅），跨領域也跨海域。這種跨領域也跨海域的工作範疇，當然也呈現在二〇〇九年開始，蘇紹連以個人力量訂立方案、獲得「秀威資訊科技有限公司」贊襄的「台灣詩學吹鼓吹詩人叢書」，目前已出版十九冊，最新的四冊是櫺曦的《自體感官》，古塵的《屬於遺忘》，王羅蜜多的《問路——用一首詩》，肖水的《中文課》，其中肖水（簡體字）即為上海年輕詩人。

二十年來，「台灣詩學季刊雜誌社」以「台灣」、「詩學」為主體、為基地，但不以「台灣」、「詩學」為拘限，不以「台灣」、「詩學」為滿足，下一個二十年，全新的華文新詩界，台灣詩學將會聯合所有愛詩的朋友，貢獻出跨領域、跨海域的詩學與詩藝，一起發光且發亮。

二〇一二年八月寫於明道大學

翅膀與自由——序蕓朵詩集《玫瑰的國度》

白靈

女性到中年才寫詩、出詩集，煙火般迸放燦爛或火山式噴發熾熱，在臺灣好像成了一種「美麗的慣例」。之前如席慕蓉、尹玲、江文瑜、葉紅、陳育虹、李癸雲，還有今日這本詩集的蕓朵（李翠瑛），幾乎都是在四十歲上下才出版她們的處女詩集。宛若盛夏之末姍姍上場的晚荷，在青年之尾、步上中年之前，喘下一口氣，了結某一年輕歲月該完成的——比如生兒育女告一段落後——突然有話想說，而且非說不可時，終得追上自己遠去的夢想，「重提」詩筆，站上自己架構的舞臺，將年輕時未及圓滿的夢繼續圓完，或夢玩。

追上自己遠去的夢想，不見得是浪漫的，而只像是一種不能不的自我完成。那像是在人世踩踏行走一段路程後，腳磨出繭了、身心疲累了，突然回眸，發現青春竟沒跟上來，便想離地飛行，離世俗塵垢遠一點，出發去重尋若有所失的那些情感和人事物。於是詩便有機會成為最好的一對翅膀，私下無人的暗夜，她們便悄悄為自己裝上，語言是它的羽毛，而回憶和命運是風，愛情親情友情是天空，即使再短暫的自由，詩都有辦法載她們飛行一陣子。詩，是世間最強韌也是最輕盈的翅膀，也許詩評家、中文系教授的李翠瑛就是這樣，才蛻變成為詩人蕓朵的吧？

其實以女性超強的大腦記憶體，大多數女詩人理應更鍾情於寫作小說或散文，在那裡頭她們才能把諸多人生悲喜哀樂的點滴和細節發揮得淋漓盡致，詩常只是她們的第三選擇。然而又何妨？女性詩人在詩中展現的細膩、情愫、纖柔和委婉，代表了世界一半的人口發言，其生命直覺和情感面向之層層疊疊糾葛纏繞，多非男性詩人所能觸及。

她們是世界情感史的代言人，往昔生兒育女一大票的舊時代已遠去，繁重的燒柴煮飯買菜洗衣等持家操勞、折磨她們一生的重負，已因科技進步女男平等觀念而略略減輕，她們中的一部份終於在四十歲前後幡然醒轉，重新做起自己，檢視自身的損耗和挫傷、召喚遠離的夢想；卻發現歲月殘酷、青春不再，許多以為不變的事物或情感都已質變或剝落，曾以為可以「掌握」或「掌控」的家中大小諸人諸事物都只不過是暫時順從的、是會抵抗的、乃至是想像和虛幻的。以是開始經歷了一連串的衝擊、驚訝、難受、沉默、反省，一如下面的大致流程：

醒來→流失→幻滅→傷逝→憑弔→孤寂→有悟→有詩

這過程可能是一年，可能是五年、十年、甚至漫長的二三十年。寫詩到後來一想，竟是悲哀的，總是因人事物的變換、無常、失落、追索不到而開始，它召喚的並不見得是那些遠逝的他者，而是被自己一直貶抑輕忽的自我，有了詩，才有了真正的我。

因此蕓朵在這本詩集中所寫的可說是噴泉似不可抑制、汩汩噴湧而出的，那很像是要割裂自己與世界的關係似的，要揭發其中究竟隱藏了什麼，讓她走到此時此地竟是大惑不解，同時又像是豁然明白、乍然看清周遭，而她只是記錄者。待到這本書要出版，她也才發表了其中少數的三、四首，因此寫下寫下再寫下，否則會來不及抓住自己，其餘並不重要，這或就是她寫詩的初衷。她在詩中以不同視角寫下自身及周遭女性嚐盡的酸甜苦辣悲歡憂懼無奈無力等等，忠誠地記錄，且常自我化身為不同角色，裝扮演出，像在夢中，以角色化裝那些不易說出口的不滿不平焦慮質疑和憂心，讓其戲劇性地說話，有時她是一個女人，卻也是所有的女人，有時又是一個男人，卻是她想問想批判的所有男人。她對情的熱烈、燃燒、清冷、不解、懷疑、空幻感在其中反覆對比性地演出，像被to be及not to be兩極使盡拉扯，似乎要到竭盡自己為止，吐光自已為止。或許，她最終要找的，不是別的，而是自己的存在感。詩就是由天垂下、救援她的繩索。

　　她其實也有過溫暖的家的想像，但對傳統女性的角色是質疑的，如〈燈與女人〉一詩：

　　一只燈
　　貼在冬天的臉上
　　窗，就渲染著微紅溫暖

一個女人
站在岸邊揮手
男人的眼，空手而歸的魚網也微微笑了

這首詩不像是女性角度寫的，而更像是男人對家的期盼。只六行詩，就非常形象化地寫出了家庭組構的形式、和「男有分，女有歸」的傳統角色扮演——即使空手返家都應有女人和燈在等候。這其中前三句的燈與窗的意象，因「貼在冬天的臉上」一句而化平常為不常，強調的是暖與冷的對比。後三句女的揮手、男的歸轉因「空手而歸的魚網也微微笑了」而有了微妙的溫馨感，強調的是精神贏過物質的滿足感。

但這首詩說的燈和女人都是守候的、不動的，卻與現代女性的角色略有不同，今日她們也有了自己的魚網，也有了類似對男性的期待，其因此產生的男女期待就易有落差，且複雜得多。拉岡（Jacques-Marie-Émile Lacan，1901~1981）說：「在愛情中，我尋找你的目光，但是，令我深深感到不滿足的是，你從來不在我看到你的地方看我。」拉岡要說的是：愛情的期待圖像（自己所提供的）對期待者而言始終是一種誘惑，當期待圖像沒有出現或一再落空時，「深深感到不滿足」就會被強化，而終致愛的破裂、瓦解。因此上首詩的「燈」之「紅」「暖」和「女人」的「揮手」，即是詩中男人目光每回回家都要尋找的目標和期待圖像，就像孩子回家一定要看到母親伸開雙手迎他一樣。因此此詩表面看不出有何批判性，背後卻隱含了現代女性與傳統女性角色的衝突、矛盾，也隱含了對男性單方面孩子似期待、要求妻子扮演其母親的角色有所不滿，而對男性從來不試圖理解女性到底提供了什麼樣的愛情期待圖像，其實有更多的批評，雖然這批評沒有被說出口。

而因為每個人都會提出自己的愛情期待圖像，因此所見皆不是真實，而是自己想看到的愛情的帷幕。因此當蕓朵說「為你，我遮掩自己覆蓋自己把自己弄成無聊的一部聊齋」（〈深夜讀張愛玲〉）或「眾人為你掩蓋風華／我為你收起翅膀　放棄美麗／做一隻平庸的蝴蝶」（〈香水〉）時，即如傳統女性為了男性而「遮掩自己覆蓋自己」藏起自身本色，呈露的就不是她的真貌，而誤以為是對方的愛情期待圖像。當其時，只因「在糖罐裏輕聲輕聲傾倒／你喃喃的傻話／裝的五顏六色有／維他命口味或者是咖啡」，因此也未深究如此委屈自身有何後果，等到事態有異，幡然驚醒，才知「玻璃罐中只剩下／一滴蒸發的／水光」（〈糖罐裏的愛情〉）。回頭去思索追查，才知愛情的帷幕後自己並不被理解，而為他犧牲、掩住自己光華的那人，自己也並不真正理解，「男人的身體裏住著一個怎樣的靈魂」她很難進入，「男人的心不被解讀／日子還是一樣地吃中餐吃晚餐／只是安靜／安靜／安／靜／安安／靜／靜」（〈請安靜〉），五個「安」字，五個「靜」字，說明了彼此的距離如此難以拉近。

這種距離使詩中的「妻子」角色感受到「你一進門便觸摸著的鍵盤比妻子身體次數還多／說的話比家人更細膩」，宛如進入終端機就出不來，「沒有道德與法律／你活在另一個世界／你是另一種人」（〈終端機裏的人〉），網路既成了溝通的媒介也是阻礙溝通的障礙。到末了，竟到了「彼此再也忘記／相望」（〈你即將靠站的火車〉）、「這世界與我有層透明如水的薄膜／屏障你我之間」（〈你近的好遠〉）的境地。這一切，「只因為彼此中空的枝幹裏／早已沒有血液」（〈懷疑〉）、「我的愛啊，被沉沉睡著／在金字塔最深刻的地底」（〈木乃伊〉），面對此種愛情失落的改變，女性的傷感和無奈、無力可想而知，但這往往卻是天底下諸多女性為男人為家奉獻青春後所得的回報、而為她們所深深不解的，一下子不知如何應變和反擊，只感覺自己如「垂首的荷花再也不言不語」（〈荷花說話〉）。臻臨此際，時間好像從兩端同時流失，如〈你昨夜吹來的風〉一詩：

傾倒滿天的思緒鋪天蓋地而來
你透明的哭泣被風雲旋起雙頰的酒窩
蘊藏，曾經的曾經
而時間在向前奔跑

前一秒已成永恆之流
後一秒將喚作未來
而我，只能細數
目送花瓣在風中凋零

昨夜一地黃花

因風吹落
而瘦光了　精神

此詩的「你」與「我」既可看作兩人，也可看作同一人。當看作兩人時，題目〈你昨夜吹來的風〉的「你」近似肇事者，「風」因「你」而起，「哭泣」是「透明的」，像是虛假的，此時「哭泣」是名詞。但看作同一人時，則「哭泣」是動詞，「透明的」即「透明地」，是副詞，修飾「哭泣」，而「酒窩」是受詞，卻是下一句「蘊藏」的主詞。因此「哭泣」更像是自我「悼念」，當「思緒」鋪天蓋地而來，「雙頰」被「風雲」旋起，暗示青春老去，但「酒窩」仍在，只能「蘊藏，曾經的曾經」。因此第一段更像是下列的意涵：

傾倒滿天的思緒
鋪天蓋地而來
你透明地哭泣被風雲
旋起雙頰的酒窩

蘊藏，曾經的曾經
而時間在向前奔跑

但如此又太清楚，反不如原作將「哭泣」、「你」、「我」等詞含糊化，而有其歧義。

到了下兩段，這一切已如「前一秒」永恆流去，「後一秒」卻未至，心境停在「細數」「凋零」的當下，這兩段以「風」代表不可抵擋的失愛的真相，吹光吹落的「花瓣」則是愛的花朵，被真相吹落後「瘦光了精神」而成「一地黃花」。以「瘦光」二字去削減「精神」，真是妙絕，寫來冷靜而淒美。以景寫情，而情盡在景中，這兩段詩藝之精準，表現了藝朵使用古典與現代語言融合的能力。此兩段也道盡於愛情中掙扎的箇中滋味，既毫無力量阻擋，也只能眼睜睜看著「純真與美溺斃於歲月與生活的泥沼」（〈你的雨下在我的窗前〉），只能「目送」，不知如何挽回。

藝朵寫情感的詩並不限於她自身，而常是周遭好友、親人處境的分享、體會、和領悟所得，因此她的「我」不見得是同一個女人，是許多的女人，也是所有的女人，她的「你」是一個男人，也是所有的男人。但有時又不然，常常角色可以互換，比如她常將自身抽出，進入批判對象，感受其感受的，如〈你不知道的事〉一詩：

那天我們約好到城市的一隅尋找歡樂
你說偷偷的感覺像與上帝遊戲
有某些說不出談不上的快意

家裏的女人那會知曉
我奔忙的馬蹄轉著數不清的輪圈
千里之遙早在視覺的感官之外
你說
我只看你的笑你的眉你的低首——
家裏陳列著腐朽的肉體慣性的規矩
飯團填充孩子的胃液之後便只剩下撈不完的碎言爛語

那有你的美麗
令我心顫雀悅不已
千年之外歌詠的語句還聲聲在耳唸唸不息

你不知道的事太多但我永遠當成秘密
我畫上的面皮早在千年以前準備完畢
用來徐徐尋惑你

這世上女子太多男子太濁
我的肉體早成灰燼重新組起
只因指尖微微一點的恨意
我自千年以來永不止息

我愛你的快意與戰慄
最初的與最後的

趁我的肉體尚未洩露森森白骨氣息
我趕緊呼吸你所有空氣
當你以為愛情最後的一口氣是人世間最美好的激情
我將帶著所有的狂笑離去

註：「畫皮」乃聊齋其中一篇，看過畫皮之後有感。

此詩中的「我」即聊齋中「畫皮」的女鬼，披上畫的人皮，迷惑男人。此故事寫王生遇此女鬼而痴迷，不聽妻子和道士的話，進而被鬼挖心，後來鬼被道士的木劍收服，收入葫蘆之中。王生幸得妻子至市場向道士化身的瘋子求援，受盡屈辱，待吃其痰後回家，竟從口中吐出一顆人心，方得救人。此篇文末蒲松齡批評道：「愚哉世人！明明妖也而以為美。迷哉愚人！明明忠也而以為妄。然愛人之色而漁之，妻亦將食人之唾而甘之矣。天道好還，但愚而迷者不悟耳。哀哉！」男人迷色，妻子為之犧牲仍甘之，此事自古以來所在多有，全因人性和情癡執著所致。此詩寫的角度不同，由女鬼（現代的「小三」）視角來批判世間男女，將男人好色、女人不知修飾又多「碎言爛語」，導致女鬼「千年以來永不止息」可以「尋惑」男人，寫來宛似悲劇的戲碼早就寫定了，只是天下一對對男女選擇要演或選擇不演而已。

而再一次，蕓朵此詩又將「你」、「我」混搭呈現，真正的女角是女鬼「我」，男角是痴迷者「你」，但由第一段「你說」開始至第二段「千里之遙早在（家裡女人）視覺的感官之外」，則是以男角說話，包括「我奔忙的馬蹄」的「我」。而第二段的「你說」開始至第三段「令我心顫雀悅不已」，皆是男角「我」迷於女鬼「你」時癡迷的陳述。自「千年之外」以下才是女鬼的「我」在說話，男角的妻子故意以「家裡女人」稱呼之，成了不重要的配角，也成為狀況外的犧牲者。然而恐怖的是女鬼說：「你不知道的事太多但我永遠當成秘密」，洩露了男角明明中邪卻不自知的處境。此詩呈現了聊齋所說「愚哉世人」「迷哉愚人」的累世相同戲碼、反覆發生的向下沉淪的人性。

面對世俗如此不可測的人性和相似戲碼的道路，蕓朵冷靜觀察、省思，且不能不自泥沼中抽拔自身，尋找自己生命的存在感，即使「這世界上沒有一種語言／成功奔向內心的彩虹」（〈生命如此寂寞〉）又何妨？或是這樣乃有了〈找夢〉：

昨日的夢跑得太快太急
害我一夜輾轉翻越千山萬水
奔波不停

早上，睜開雙眼
夢竟然貼在牆上
喘
息

第二段將「夢」擬人轉化，「竟然貼在牆上／喘／息」，人一定更喘卻不說，甚是生動。或如「為何不能將所有回憶裝成了十億個瓶子／讓千眼萬眼的盼望化成白色的灰／一次便灑落在無垠的穹蒼」（〈繫〉）等句中所盼，一次便徹底將世間塵灰抖落乾淨。說的皆是想快速沉澱自身，或回頭真誠面對自身生命，重新審思，如〈看我聽我你就會知道〉一詩所欲達至的體悟：

天上的雲朵沒有歸處
地上的雲彩沒有畫布

天邊的彩虹依賴著雨滴給的光彩
地上的霓虹不會亮出自己最初的色調

飄動的風吹不起雲朵的重量
狂風來時雲朵早已失去蹤影

有誰能裝一隻大網網羅白雲的方向
有誰能以一個大甕收藏狂風的淚水

天地悠悠地跑
於是，雲也跟著飛揚
八方五垓直到地老天荒

而我，不是雲朵
也是雲朵

此詩以「雲朵」、「霓虹」比擬生命，不論在天上或地下俱是飄動不定，難以有自身方向、光彩、色調、歸處，宛如非己身所有，時時處在運動和變化之中，因此既不能以「大網網羅」也無法用「大甕收藏」，「八方五垓直到地老天荒」所有事物莫不如此，何況是人？既有所禪悟，則「不是雲朵」是「看山不是山」，「也是雲朵」則是「看山又是山」了，其間區別唯在轉念之間而已。比如此集以當下結集的日期往回上溯一年，乃對眼前當下及過去種種的嚴格內省，因而得以將執著逐步鬆解，將情絲絲絲解纜、放手，也說明了轉念之痛和不易。

而既能轉念，則人生許多皺褶和銳角都能輕鬆面對，感慨不能不深，對生命不能不有所憬悟，則人間數也數不清的眷戀就易成為「三千大千世界中的一個小小的幻象」（〈回眸〉）了。到末了，能說出底下此話就絕不是虛妄之言：

這世界不大不小
不過是一個樹梢
葉尖正在發芽

其實
不過是午後牆外一個剛剛飄過的
影子
（〈世界如何〉末兩段）

既說「葉尖正在發芽」講的是生命力，又說是「剛飄過的影子」，則已成虛影，變化何其速也，實際狀況是不是如此，就看每個人如何衡量、體認和有無悟性了。

　　蕓朵在其處女詩集即有出手不凡的展現，結集可說是止於不能不止處。回首再來檢視和翻弄時，宛如看待走過的腳痕和煙火之後的灰屑，其是否令讀者滿意，就不那麼重要。重要的是她曾正視過自己生命燃燒、爆裂之火光和能量，不曾猶疑和後悔，並由此開始調整翅膀和方向，知道自己所從來，及將往何處去，此「美麗的出發」中面對生命和人生情感史所展現無所畏懼之身姿，正是一個詩人心靈最難能可貴的大釋放、大自由，對其未來所飛開的天空，吾人無妨拭目以待。

時光，倒著走——自序

任何唯一。

玫瑰的國度，沒有玫瑰。界限之內，眾多搶去了唯一；界限之外，已經沒有

我吐絲，這一年寫作的過程像是吐絲的蜘蛛，不斷把內在的情感吐成詩句，織就每一首詩，彷彿有某種堅決，隱隱然感到當情感的絲線緩緩吐出後，便再也無須過度的想像。

身體裏十八歲的靈魂不知何時被冰封，又被無預警喚醒，殘存在體內的，尚未清理結束的一些愛戀，終究在某個積壓的午後，火山爆發。

於是我站在雲端，看著地面上噴發的火苗，潛藏於地底深處而曾經被綠色大地披覆的那個單純的靈魂，羞於表達的年代裏，用壓抑幻化的謊言為自己戴上理性的面具。之後，生命每一階段的忙碌讓人無暇清理情緒，無法看清自己與周遭的人間道理，而終於被許多的突發事件打亂規律的步調，讓原本習以為常並視之為理所當然的生活次序，被迫重新組合。

生命因此有了修剪、反芻、自省的可能。

十二個月，我開始追索內在的自己，種種可能的面目不斷發生、出現、或者否決，午夜裏不是夢迴，卻是一段又一段的失眠以及與詩的共存。

想想心情，自剖自己，或者人生，或者他人，更多的是對於「愛情」這一件事的思索。用顯微鏡，觀察，以放大鏡，省視。或者以火鍊之，以水澆之，我把自己忘了治療的前世，放在此刻，試圖解除病灶。我把多餘的情感灌溉詩句，就生出許許多多的影子，佐助藥劑，一粒膠囊解除一顆失眠的種子，一片碘酒消毒瞋癡，甚至喝下一帖苦不堪言的水藥，藉以吞吐內在化不開的癡心妄想，或者放一把火燒掉情意的幼苗。

五毒之火本欲成癌，以詩對抗，是養生的其中一劑好方。

直到清淨的水沁入心中，活水冰冰涼涼，源源不絕時，詩也一首接著一首從心田中復活，並走了出來，似乎汩汩而來的清流，終將洗滌靈性最後的枷鎖，讓所有人世的悲想解套，超越而自由的飄浮，試圖斲斷人世間拉住衣袖的那條絲線，以及被愛恨情仇擴張成一次又一次的輪迴。縱然，複雜的情網牽連起許多的緣起緣滅，多情或者無情都要被寫入劇本，或者小說，成為上演的雛型。

回首一望，蒲團展開之時，種下的玫瑰已然盛開，鮮紅如血的花瓣把玫瑰的國度妝點著嬌嫩的眾美，那原是該寫的功課沒有做完，年長後，找時間修習並彌補，本來在年少時該寫的心情，延宕至今，因而，情詩於我成為超脫的書寫，是成就自我與人世間的一段緣起。

就讓我以悠閒的姿態，欣賞。

紅色的身影佇立於黃昏的國界邊緣，卻不被摘取，所以沒有刺將會傷害任何一隻手。

真或是假，幻境或真實，已融為一體，變成一個黑白相間的太極。

我用詩寫日記。但，時間的沙漏是倒著流回去的，顛倒著，走回過去。

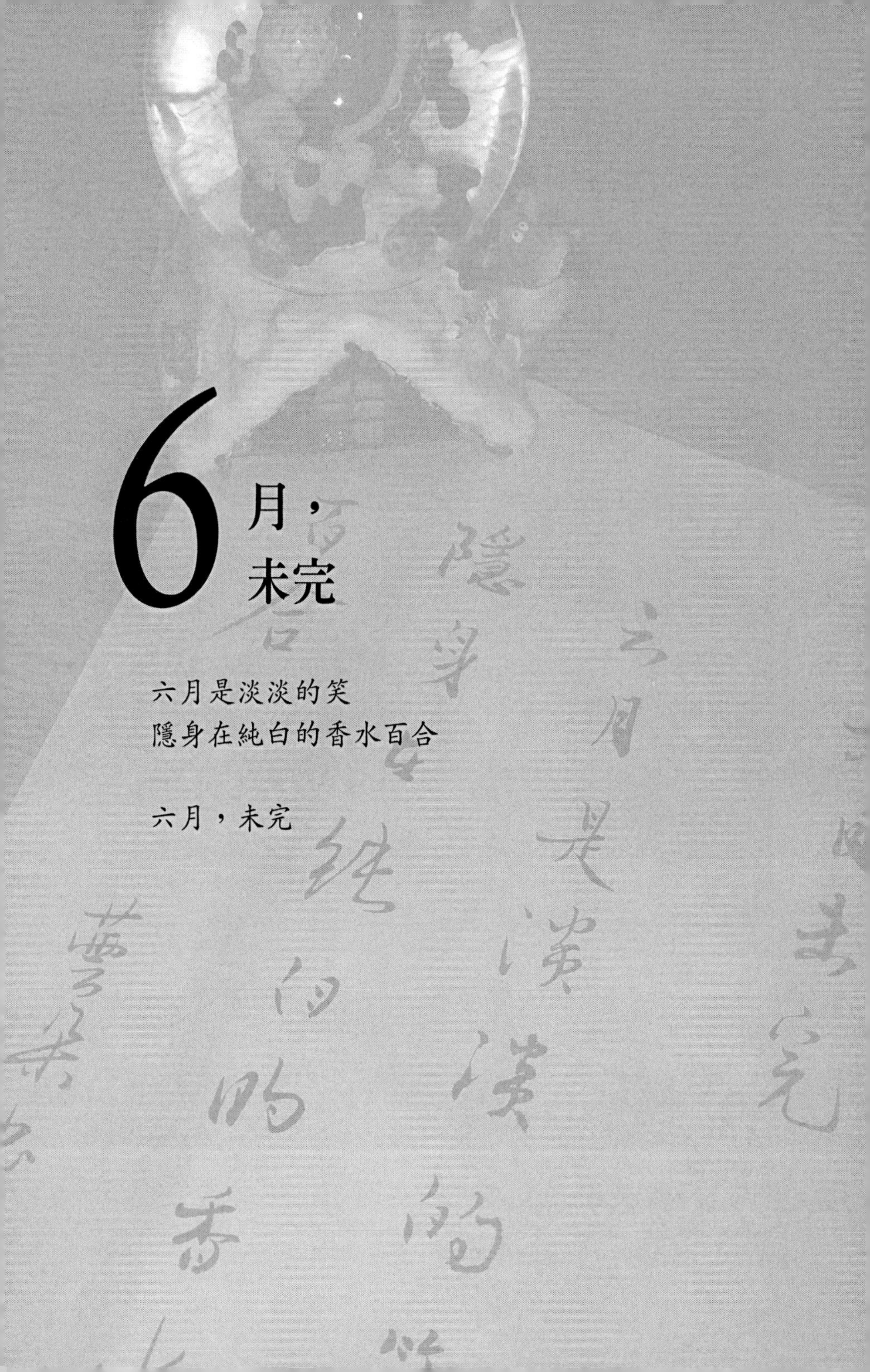

6 月，未完

六月是淡淡的笑
隱身在純白的香水百合

六月，未完

純粹說說

20120606

傳說中一個故事關於愛
斷氣的那個晚上
隨著水流的方向，他把城市踩成月光
陰影，總是在午夜十二時過後醒來
嘔吐出一個嬰孩
哭泣尋找母親

尖細的屋簷下隱隱藏著彈奏的樂音
彷如某種陰謀正在調弦
影子便枯乾瘦成一株牆外的玫瑰
你的步伐循著老規律行走　只是
空洞空洞地敲著城牆

淚水之中是滾不出淚水的
傳說是一盒黑色的巧克力
不小心被打翻時
滾了一地昏暗的甜膩

純粹說書不會有過度的激情
歷史總是那樣寫的
而男人與女人也總是那樣蹲著
柳樹下垂楊邊
總是總是那些那些細細瑣瑣的話語
沒有真實也無關虛假
總是總是總是
那樣

懷疑

20120606

我們在彼此的秘密中孵化誕生
成長為一棵空心的樹
根鬚浮在空氣磚裏
呼吸沉重的二氧化碳
而樹上結不出紅色果實

藍灰色的雨像謎題般迷漫了大地
先知的眼睛瞇起一條線
山說不出張三李四的臉
何況來龍去脈
這個春天我們很悶
春雨不斷

寒意始終沒有真正斷過
總是悄悄透著影子
在我們覺得夏天真正來臨時
卻總是放心不下

只因為彼此中空的枝幹裏
早已沒有血液

憑弔什麼

20120605

憑弔是一種志氣的表情
冷靜形成對比
誰說煎熬只是因為一帖藥劑
為了濃稠的滋味
必須付出傷心

失去記憶的老照片
淡不出味道的味道
蜘蛛構造的那個心虛的網羅
是借用月光透過絲般的觸感在地上畫出縱橫交錯的地圖
你在其中爬行
學習一格又一格的愛戀指數

任意的神色塗抹的表情由你挑選
但神的手卷藏在深山的影子中
沒有門
也沒有窗
秋天的來臨暗示果實即將爆開黑白的影片
但你雖然緩緩行走
卻無關於雲的消逝
時間是無意義的霜雪了
歲月，時光以及你年輕的容顏消失或是重現
爐火的燃燒中
憑弔，沒有聲音
是廢棄的斷垣
老舊的灰塵躲在閣樓裏低數窗外樹的搖動聲
月影移動
月光消失於

地平線

明天，不會比今天更美
而過去已死
無法喚醒
真實的世界沒有色彩
在知道虛假的面目之後
日子成了鐘錶上一格一格的時針

夏日的孤獨是堅決的影子

20120604

光與影的擺渡
午後搖晃的窗紗

你站成夏日微甜的冰沙
芒果口味的
微甜　帶酸

單一而純粹的孤獨
存在，是唯讀的語言

沒有任何人
我的靈魂不容許你參與

滄桑，在雨天

20120603

滄桑，特別在雨天
窗外淋淋漓漓
連茶花也早就安眠等待下一個綻放的季節

窗內的你想點一盞燈
溫暖夏日失溫的空氣
但雨還在下

細絲中的濕意莫名，浸潤著肌膚
總讓人想起些什麼
意念卻摸不到邊緣的界限
彷如宇宙還在沉睡

星河已經悄悄轉移軌道
雨是一直下的

雨還是滴下
應該不會停歇
找不到出晴的理由

找不到就別找
晾衣服，雖然不容易乾
洗碗筷，雖然只有一副餐具
擦地板吧，無論如何總是會髒
總是一絲的悲涼，與張愛玲無關
與自己相關的
雨

還是在下，絲毫沒有停止的口氣
怎麼說都像是沒說

雨怎麼就是不停
不停
不
停
不

成人的眼淚，很鹹

20120603

成人的眼淚，很鹹
從你淡淡的眼眸裏溢出來

兩個人的世界走得很緩很慢
長著老年的黑色斑點
時間定在原點
細細碎碎的說話
很淡很淡
但有一點點痛痛癢癢

陳年的老酒
還是會在年歲老大之後散光

當初滿溢的醇香
雖然我的床下還藏一罈極濃烈的女兒紅
偷偷的
不令你知

只是不知道有一天會如此
很慢很慢而且
不知道空洞的聲音響自何方

成人的眼淚，很淡很淡
很鹹很鹹
很不能向任何耳朵說的
很必須自己喝的

一些悲涼就是了

20120601

愛情最後的悲涼
不是圓舞曲
不是鳥鳴
不是清一色的月光
不是你頭上傾洩的長瀑
不是一絲剪不斷的紅線
存放在一杯醇紅的酒中
你錯把幻影醉成了永恆

5月。繾綣流光

拾起昨夜遺落的星沙
你錯失的漁火在海面上編織月光

生命如此寂寞

20120530

生命如此寂寞
直到歲月散盡了繁華
也還不能解除

如何用燃燒把孤單化為灰燼
其實就算說得再多
這世界上沒有一種語言
成功奔向內心的彩虹

生命如此寂寞
直到寂寞寫滿了生命的盡頭

當死亡喚醒愛情

20120529

隔著海洋呼喚
你向著無垠的深色波浪
眼光被湛藍灼傷
浪潮起伏一如胸口停不下來的回憶

那年不過是短短相識
隱藏許多莫名
話語也被距離割裂
你們在偶而相視的當下找到彼此的定位
所以
沒有過度的花邊或是蕾絲
日子就平實地一天一天過

只是從來沒有遇見的疾病
瘋狂與激情把悲傷攪碎成一流無言的時光

隔著海洋，呼喚你的時候
朋友們都說，
那是你最深情的呼吸

我在海的這端望你
你在天邊的那端看我
每一聲佛號像承載著寰宇傾注的祝福
浪漫搭乘著蓮花
浮在你的心上
卻揚起風帆
飄著我的一絲亂髮

隔著海洋的時候不是海洋
是天地轉換時
你的身影
與我的未曾說出口的那一句話

——女子與男子彼此未說出愛意，之後，男子因病去世，兩人隔著太平洋，也隔著生與死，從此只能以心意相通。至今，我還記得那夜女子的眼淚，與一段故事。因此寫一首詩記友人的愛情。

誰把愛情喚作永恆？

20120528

遠方高高低低疊起
翻滾著雲

腳邊的一隻寄居蟹橫著散步
踩過你的腳趾

去年的一絲愁緒飄在今年的空氣中
此時，未來悄悄而至

誰說的話是永恆
那就讓心去判斷

沙漏把你的影子流成一束白沙
掉到下面的玻璃帷幕裏了

我們沒有禁忌只有想望
隔著海洋呼喚同一個音符

然後必然是
身影重疊時一帙幻想的虛情

雲水謠的午後

20120526

斷續的溫柔寫在老榕樹的垂鬚上
飄揚過海
你的戀如流散的雲霧
順著白色嘩啦的水聲衝過眼前
頭也不回地向著海洋的方向

沒有細語的奔跑
畫面停格於瞬間
那個眼神，那個揮手的擺動姿態

從現實走進電影，再從虛景裏穿梭鏡面
門前的一口井還在

千年的老榕樹還在
水依舊，遠方的山還青

當一陣大雨喚醒記憶
水牛低頭吃草
雲把水與山畫成一幅山水

你的女人
還在嗎？或者已淺淺地
融在泥土裏
與另一個藏在心底的影子重疊

我無關春色與夏日
我只是一個時間的過路者，剛好

閱讀了你的心情

——刊登於《乾坤詩刊》第六十三號

尋你，總在浮光片羽

20120526

總是在清晨澆花的那一刻
想起你的溫柔

微笑，成了天邊的一朵雲
總能在夢裏找著安眠的小角落

4 月，雲說

寂寞是一朵雲
常年飄在你的心底

糖罐裏的愛情

20120430

在糖罐裏輕聲輕聲傾倒
你喃喃的傻話

裝的五顏六色有
維他命口味或者是咖啡
也許是薑糖的黑色
醞釀或者蒸發

「你記得那一年的星星嗎？」
「每一顆都發亮」
「每一閃亮光都看著你」

我可能躲成一顆糖
用色彩掩蓋自己

「你還記得嗎？」
「還記得嗎？」
「記……得嗎？」

應該在天亮的時候
把窗戶打開
玻璃罐中只剩下
一滴蒸發的
水光

3月，回聲

巴爾札克啊巴爾　札克
你聽見耳朵裏流溢的春天回聲嗎？

心醉的開始

20120322

也許沒有咖啡，茶，或者是蠟燭，
光微微在黑暗中產卵
變成星星
莫名其妙灑落在
草叢中

沒來由地
把我的心
醉成一片綠

你被愛情綁架之後
20120309

被愛情綁架的你
雙手與口
被紅色玫瑰花瓣佔據以及
莖上的刺

你說不出話
因樂或因悲
也許是酸了苦了
但還可以
寫
詩

也是唯一可以的了
以詩對抗
那個
嘴角微微上揚的
歹徒

2月，交錯

寒與暖像互握的雙手
烘烤窗外即將發芽的相思紅豆

燈與女人

20120228

一只燈
貼在冬天的臉上
窗，就渲染著微紅溫暖

一個女人
站在岸邊揮手
男人的眼，空手而歸的魚網也微微笑了

——刊登於《臺灣詩學吹鼓吹論壇》第十四號

親愛的，請別再吞吐悲傷

20120218

風化不過是一個名詞而不再是動詞
因為你的關係
時間擰出全面靜止不動的群雲
把天空遮掩掉昏黑的深沉
星辰隨之殞落
但白色的簾幕卻從此拉起
曜日在眼眸中找到定位
你的世界從此只有唯一色彩

時間不背十字架
自在徜徉

空間躺在時間的懷中
閉目養息或者伸腰拉筋持續微笑
海邊網床上曲調高低的人形
是那一年夏天不變的音階
永遠停格
但生命也停格了
在世界盡頭
那港灣的潮水規律成千年的容顏
岩壁隨著心情的波紋起伏但
終究一一寫入薄如餅狀的光碟
隨時存取也隨時化成雲煙

霧如水漾著清晨冰涼的薄衫
潮弄著海洋深刻的心情
湛藍而淺或沉著的

沒有失去光澤的月光還在
將你的手輕輕伸入水中的柔意還在
沁涼還在
心中的那股重重疊疊的愁緒或者歡樂也還在
只要風不變雨尚存
世界的角落裏存著一根針
撩撥著那些或相似的鏡頭
沒有失去也沒有開始
總是還在
還在
還
在
還………在

1月，寒。末春

一年方始
沒有人可以不再喝一杯今年的冬片

玫瑰的國度

20120109

世界轉向
掌舵的人不是你
曾經停靠的港灣拉起藍色絲帶
你的靈魂收納不下昏黃的燈

你說紅玫瑰的國度裏從未出現一個小王子
而我的白玫瑰園裏永遠有個園丁
但你說白色的蒼白使血液沉入地底
而紅玫瑰太血，把發熱的舌尖燙出一把火
所以呢？粉紅色的雜糅是不堅持的混血
缺乏自信與不悔的鐘磬

我把方圓切割，把海洋畫分為數塊
手中扭轉的那些情語如剛上鉤的魚
說不盡所有的秘密與完美
寫下驚濤駭浪的熱戀

誰說上帝的真理
在誰都不是的平凡面前宣誓平凡
紅色的永遠不白而白色無法染成最紅的紅
劇本組裝太遲
飄蕩的冰山選擇飄蕩
融化之後走不回顏色的辯證
你說誰有足夠的勇氣打開港灣而那雙手已佈滿厚重的繭

纏繞著火光
映照你的三道歧路

我的影子不再光澤
你的夢無法彌補缺口
玫瑰的國度以謊言澆灌逝去的記憶
未來沒有邊界
總是有流瀉的河水紛紛辯論
紛紛不斷　辯或者論
不斷

泡一杯好茶，等你

20120106

泡一杯好茶，　等你
龍井在熱水中伸展柔軟雙手
那一年的西湖還在輕流
楊柳飄髮散如美女不可
輕訴的清盈

一定要上山
汲取虎跑寺的山泉
用山水的靈氣把風景煮出來
添加在茶的銀黃湯色中
雙手捧著

喝　古人或者今人的水
綠葉釀出來的香
茶的味道才會變成你的體香
我的眷戀

泡一杯好茶，等你

——刊登於《乾坤詩刊》第六十二期

死亡或者愛情都隨你意 20120105

紅色的睡眠，把天大的夢想睡成一團微笑的穹蒼
失去詩的語意，你站立成啞巴張開大口的姿態
夢黎明或者愛情

縱然在死亡面前排隊也弄不清所屬的號碼
你把迷糊裝成一桶純真的浪漫
塗抹在每天早餐的吐司上

這世界有沒有規律都與你無關了
因為太陽老早從西邊上來
而且不想回家

你翹著腳喝剛才泡的一杯花草茶
煙霧輕柔
隨意隨意飄

——刊登於《臺灣詩學吹鼓吹詩論壇》第十四號

12月。夢境的長河

流動時光
再也無須做夢了

你近的好遠

2011120

你靠我很近
然而我們距離很遠

你頭上那頂深藍色羊毛帽子有部份磨光的邊緣
彷如昨日我贈你時
你鼻上微微沁出的汗滴　微紅的雙頰
低著頭讓我為你戴上
彷如又是此刻
熟悉而陌生檜木似的體味
陌生卻似曾相識
已然顯現某些疲態

我好像失去記憶
某些激情的因子可疑地消失
絕望的存在隱隱作祟
好像是愛情的感覺又好像流散的空氣
飄揚著流向窗外
糊面的牆不再光滑
油漬的指印寫滿滄桑

我們好遠好遠的曾經
曾經相愛過嗎

這世界與我有層透明如水的薄膜
屏障你我之間
縱然我們眼神交會的瞬間
也失去聚焦的意願

你坐在我的身邊
可是我們距離好遠

那天你忘了說再見

20111219

你忘了說再見
離去的時候那隻手緊拎著你的黑色包
轉身。無言。消失在長廊。

窗外的雨聲正滂沱
我的心跳舞動。積蓄多翻波動的海浪
沸滾著曾經你的影像
如煙霧瀰漫在冬日的嚴寒
逐漸消散的海上燈塔
謎樣不知所蹤

不回頭的決定。是我的語言。

我看見自己雙手交錯不斷搓揉一段小影片
知道那劇中的主角是你而女主角是另外的人
翹著腿輕抖著敲出鍵盤上堆疊的文字
你認為的小說或者真實
不是我想飲下的半個人生

雨中的輕霧依然迷濛
鎖住的門失去鑰匙
你不明白階梯上的我的影子指向那個方向
而你不會捧著一束花找到我昨夜悄悄行進的小徑
那個秘密的一方天空裏

雨越來越大霧越來越濃
我的世界不斷縮小縮小縮小
直到看不見的一粒塵埃

終端機裏的人

20111217

總在身影晃動的時候
感覺到存在
滑鼠落下一顆顆果實
虛擬的世界有雪有霜有雲有月
真實的夢境在現實的掌握中
沒有距離
距離是網路線陰冷的嘴臉
刻意規劃陰謀
深沉地拉住你的靈魂

每日你尋求空氣裏的安慰
那是家人親人愛人妻子丈夫孩子不能給你的另一種溫柔

你一進門便觸摸著的鍵盤比妻子身體次數還多
說的話比家人更細膩

記憶不存在大腦
走過的痕跡卻被巨大的網站一一存放
說的話想的人送的花以及中年男子與少女的小戀情
時時刻刻從每個轉角發生
沒有道德與法律
你活在另一個世界
你是另一種
人

記憶的影子

20111205

背負記憶的影子
你的身子一日比一日彎下腰來
馱著過去，曾經，回憶，
那些年，笑出來的聲音還在遊蕩
你就已經哭到了明年

背負著那些年你的思緒
櫃子裏日記堆積成豐厚的白色喜馬拉雅山
你的身體怎麼一天比一天縮小
最後成一粒黑點

啊，我終於明白
手裏提不住的包袱上面寫著你的名字
另一面畫著一個你

和你的深情對望

20111204

和你深情對望，一個夜裏，有多少次回神，
還依稀想起，那天，不小心掉在北極圈裏的淚光
隱然不知呼吸的順序，你眼神裏閃耀，不知名的
秘密，仍然還在，忘記梳理。
秋，沒有追蹤未來的勇氣，只有影子隨著記憶的軌跡，
想著，曾經。
沒有時間不變的笑顏，無有不會斷絕的，愛情
湖心擁有過的隨性，隨著風飄雲散，
盈盈閃動，你冷卻的黑眼睛。

聽說昨日

20111202

不要給我你的風和他的雨（聽說今年必然是冷冬）
不要給我你昨夜的愛戀故事（聽說昨日的蒙古草原已然枯黃）
不要給我你喃喃的追求（聽說那不過是剛走過轉角的花店）
不要給我遠方的大雪以及掛滿白色的松樹（聽說北海道的雪花飄開冬季）
不要給我無心的果核（聽說你親手剝下的）
不要給我任何一片楓葉（聽說，紅色的深秋即將遠行）
不要讓我，
披上溼冷的月光，白色的羽絨，
森林裏，我們的回憶
爬滿青苔的小屋

11月。深秋

你說秋意很重很沉
看世間事有多夢有多禪？

隱形的哀愁

2011128

悲涼的水困在桌上的一杯透明中
我不得不面對生命中永遠無法擺脫的影子
陰色的笑變形成我他你
隨時在側沒有離去
縱使給它錢或是苦苦哀求
都未曾消逝

森林裏綠意泛得出清香
露珠把早晨的清涼擰出一條小溪
我用瀑布的傾洩請它
蓋一間安頓的小屋

而它還是搭著我的肩
冷冷地伸著手
黏著

我沒有法子請它離去
望著玻璃中如訴的哀愁
一仰飲盡了
淚水流不出胸悶的高原
腹中養著一團極光
鴆酒如果不再是傳說
便早已流經我的體內
唱遍山川河脈

清晨又是一日

催老著昨夜敲碎的雙人照片
而清晨三點半的時針仍然日日指著牆上無言的鐘聲

深夜讀張愛玲

2011112

我曾經掩藏自己的美麗，　為你
我曾經遮蓋自己的呼吸，　為你
我曾經丟掉羽衣，讓自己平凡如愚婦，　為你
我曾經披著邋遢的黃面孔只透出土色的樸拙
我曾經總是站在你的身後，成為你的影子跟隨著你的節奏

為你，我遮掩自己覆蓋自己把自己弄成無聊的一部聊齋
然後，一個故事開始是另一個故事的結束
一朵紅玫瑰被你捧成天上的星
另一朵白玫瑰變成無盡的仰望
而我只是一旁枯萎的水

終於，院子裏的花開了
天空綻放藍色羽翼
失去生命的終究喚回了一條消瘦的靈魂

你的愛情走失的時候

2011107

愛情走失的時候
我去貼布告
一隻貓咪跳過眼前
回頭望了我一眼，就轉身離去

我繼續畫上膠水
狠狠地把鼻涕眼淚也一起塗抹
想著試著如此增強沾黏的強度
讓風吹不去這張薄紙

內文裏有一隻電話號碼是屬於我的
旁邊還有一條小小的數字

那是你曾經遺留在我房間門後
立可貼上記著隱隱可讀的些許瑣事
包括到超市買今晚的貓食一類

我按過千萬次的數字
總是遇到世界網絡不通
想像你的手機正當忙碌
混亂與思念正尋找我的方位

一隻瘸腿的狗跛跛地邁過，未曾看我
我貼的布告在雨裏飄揚
用雙手護住時
剛好擋住大大的愛情兩個字

你即將靠站的火車

2011106

等待火車靠站的時候
烏雲叫響了天空
正要起飛的你還浮沉在一張抹黑的考試卷子中
差一點滅頂
無法測量雨的密度
你只能伸長脖子遙遙地望

那些年的記憶突然醒了過來
並且長腳從遙遠的
他鄉紛紛奔走
匆匆閃過一張張窗的臉孔
雨滴不規則從上滑落

紅筆的四季在人生的軌道上
激動地尖聲驚叫
剎車於許多渴望面前
卻未曾準確地停留在該有的數字標號內

你是善於等待的眼神
而我是找不到躲雨的屋簷
這一場胡亂寫出的劇碼
本來就應該或者不應該上演
誰知道巧合原來躲在暗處冷靜操盤

讓我們曾經在車箱內外見上一面
透過玻璃
我們找不到彼此真正的座位

雖然，彷彿夢中，我們曾一起搭過相同的列車
相同的雙人座
而今已然失效的車票在天空裏形成烏雲和雨

你在卷子疾書的那一頭
我在考卷收起的這端
彼此再也忘記
相望

關於對愛人的思念能得幾分

20111103

關於對所愛的人的思念
應該擺在高高的遠遠的山上
如果
能在聖母峰的山巔找到相思的碑文
那就絕對的完美了

把十八歲的想像未謀面的你
放在鏡子背面　心的裏面
直到我離開這個世界
秘密就永遠藏在秘密處
那就可以了

路邊小菊爲你綻放

20111103

傾斜幾許黃色花瓣
在你經過的路旁
我沒有設限未來
因為未來爬行於田間的阡陌

風輕搖的時候蘆葦也在歌唱
可是沒有你讀信時微傾的臉頰
今天的晚霞軟弱無力

清晨時你說過的那些甜甜的語言
字字句句刻在你臨去時的身影裏
我關上門把離去的依依

留在書扉中
轉身也
離去

10月。
你，消失在島嶼邊緣

在蘆葦彎腰的地方
風便悄悄烙下傷痕

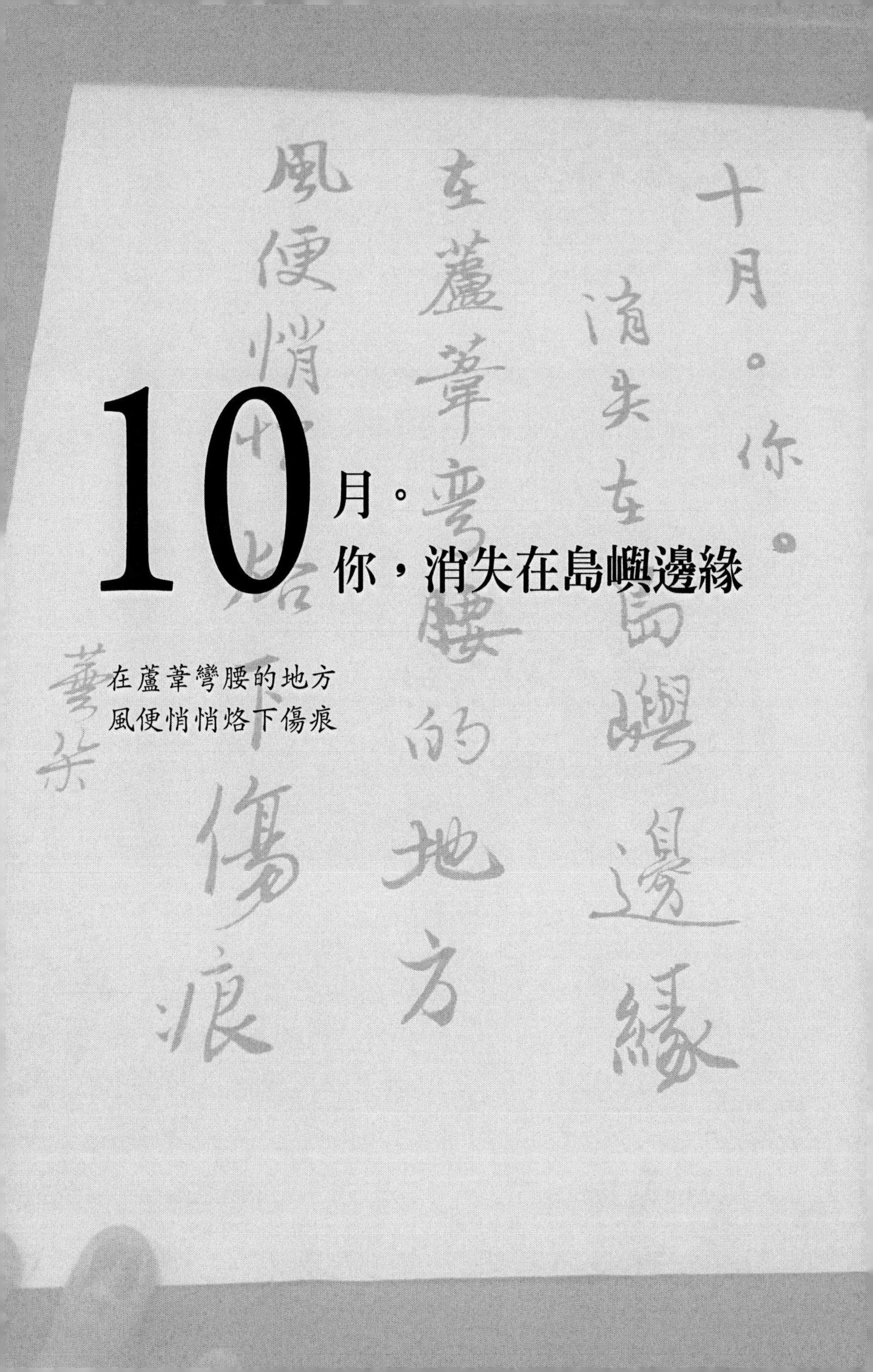

夜裏有一枚硬幣掉落

2011031

黑夜在空中掉下一枚硬幣
把星子們嚇出一身冷汗

沉靜的你的影子正在瀰漫許多
說不出來的思緒
正在想念寫詩或者回到過去

誰知井深如地底的通道
總望不到盡頭　也摸不到你那雙
溫熱的雙手

出夢

20111031

你走出夢境進入我的
那雙溫暖的手不會讓我迷失
我拉著它建造今晚的夢

而我出境時悄悄進入你的夢鄉
蹲在你的窗前偷聽裏面的對談
你一個人或是兩個人
有我的照片或是影子

真實的我在樹下照著鏡子
讀一本封面寫著我名字的書
輪迴幾世的資料夾還在

沒有燃燒
你的相思跑到窗邊試圖打開
我伸頸探首想要看清上面寫滿的字眼
有沒有我的小名
然後趕緊離開你的
夢

我遇見而我錯過

20111030

遇見了就不再錯過
我偶而拿出一些關於玫瑰的書籤掛在樹梢
悄悄地等著你的走過

月亮照耀，鳥聲啁啾，你的影子彷彿閃過遠方的小路
我曾聽過你親手書寫的溫柔細語
怎麼就再也拉不到那條紅絲線
是遇見了
還是錯過了

秋之愁緒

20111016

秋意送不走的是相思的身影
因為　哀傷已經點染整座楓野山林

你說
為何溫柔的流水總是經過別家門前
而你舉起唯一的一隻瓠瓜瓢子
卻掬不到一滴水……

山巔渴望全然的雨潤澤大地
而你的口袋裏裝著一面鏡
用來照自己的影子以及順便
摘取影像虛幻的無數個前世情人

我說——
不愛的那人愛的不是那人
卻也不愛任何一個人
像斷了根的高跟鞋
剩下一隻

舊情人

20111013

你是被儲存在去年的情人
空氣裏還飄著你的花香
未曾一絲減去——

我的生命是一只紅色的水晶杯
掬一瓢苦澀的恆河水
痛飲時高歌絕對不要人陪
孤單成為一餉貪歡的語言

誰知道那一向漫著喉的淚水總是自顧自地滾落
珍珠也好相思也罷更多的是
黑板上寫滿解不了的三角習題

一列隱身而去的白鷺鷥
透著秘密的符碼
卻還隱約勾引著情緒
沒有終止的起點寫著劇本的結尾
不知道昨夜
鋪天蓋地的雨落在那一塊田地裏

9月，謠言

當謠言滿天飛舞
這一生有太多謠傳的故事堆疊成烏龜厚重的殼

別讓愛情飄落在你窗前

20110923

如果愛情是一根羽毛
當它飄落在你的窗前
請輕輕拾起
別讓月光癡癡照著
萎縮成一紙停格的光陰

香水

20110923

眾人為你掩蓋風華
我為你收起翅膀　放棄美麗
做一隻平庸的蝴蝶
卻發現你的目光流連於年輕的羽翼

我只好飛出窗外
尋找牧神的午後
黃昏的囈語

融雪的冬天問答集

20110916

親愛的，請輕聲告訴我今年的雪何時消逝？
雪，被團團圍住的愛包圍，不就融化了？
如冰如水？
不，似冰似水
何以故？
心將冷，雪將融，看冰非冰，覺雪非雪
水把所有走過的記憶都清洗，滲入天地

親愛的，請告訴我冬天何時死亡，而春天將於何時取代？
布穀鳥鳴第一聲春雷將於午後報到
何年何月何日？
天地將亡人心破碎的時刻

何以故？
新生的野草也比溫室的玫瑰堅強

親愛的，請回答我，大雪紛飛在我內心是何緣故？
當春天的倒影投映在田野
純白天鵝悠然伸長頸項望向藍天
蓬草落葉與蘆葦花迎來火苗，火在雪地蔓延
冬天的雪才消融

歌迷種下的？

20110916

萬頭鑽動的恐怕不是理智冰凍的歌迷
而是蠕動的蟲以及卵

真心的，你說
種在你的陽台，我用飛快速度捉來春天的風、陽光與水
跑去觀看成長。
那一株叫不出名字的，姑且稱之為情樹的植物
被你照顧著驚天動地源源不絕
山泉汩汩流動的湧現

昨夜
我突發奇想，揭開重重疊疊沉厚窗簾

一首歌在唱
好幾組群體粉絲搖擺著軀體蠢蠢而動且癡而醉——
在看不清的昏色弦月下

買賣這筆生意

20110916

失去秋天的人總是喜歡哀悼夏天
讓神傷在竹映的綠水裏泅泳
扭轉心臟跳動的頻率讓心痛一下
再痛幾下最後停止成一條直線
連春天探頭可能也來不及
彼此就說聲再見了

每天有人兜售愛情
而有人買
出價還價之間大部份成交
我問你說你想怎樣
你說不想怎樣

只是想好好談個戀愛
然後呢？
空氣連嘆息都沒有

美麗的狂歡

20110916

美麗的狂歡之後
是你忍不住的嘆息

她知道這輩子再也得不到男人的愛了
因為昨夜一枝玫瑰
莖幹削開成尖銳的扁鑽
刺入她的心中
便見心的碎片隨風飛揚
如煙火奔放的剎那

陌生男子躺在身旁
十天前，他是諾言背負的肩膀

我願意照顧與愛——
貼成一圍牆的便利貼
如今
他的身軀融化為泥
雙手拉長為樹的枝椏
十隻手指長成數千朵葉片
他躺成一座樹林

此生最美麗的狂歡之後
你已經沒有　嘆息

花影深處

20110916

花影深處
有一縷迷惑的靈魂
在梯間上上下下
偷窺著世間

踩不到的步伐輕坐在扶桑花的葉子上
無法理解男人的深情　重得那樣輕
那一杯醇厚的月光酒早已一仰而盡
如何釀出苦澀與甘甜交錯形成的滋味
嫦娥坐在月亮的角落看著后羿

薄霧背後
迭蕩的美麗彈不住你內心的音符
飛簷走壁表現輕盈
但也不過就是一會兒的影子
閃過窗前梧桐樹下的瞬間
一如笑傲不了的江湖
困著湖底的一隻鯉魚
始終跳不過龍門

花影深處找不到愛情

失戀如水中倒影

20110916

親吻水澤
藍天倒立著青苔的腳印步入透明
你的臉放在水中如畫出的四十四道漣漪
模糊以荷葉為床的青蛙焦點

蓮花早就睡了
誰像你凌晨四點半還在夢想著貝多芬命運交響曲
哎
世界說要醒來而你正想睡去

失去一生的愛情應該沒有什麼了不起
我從鏡中看到自己十八歲的臉

只是
眼花而已

失去井邊一朵紅玫瑰

20110914

月影遲遲，吞吐著雲霧再度湧動
每一寸回憶的角落都成為滋養的泥土
伸出雙手的紅玫瑰正向你揮別
攪動一池清澈的湖水最後終究回到如鏡的表面

心被扭轉成一條再也擰不出淚水的抹布時
美人遲暮豈有啜飲醇酒之理
喝不出釀泉最初的年輕——
僅管月色悄悄西移並
盜走今晚最動人的囈語
你仍是那樣靜靜
沉沉地守著一方井邊的方格子

夜深的腳步悄悄靠近
你的綻放恰如一個你我約定的紅粉秘密
只不過迷濛的十六月夜
誤殺了一朵鮮紅的血色玫瑰

葡萄美酒夜光杯

20110913

你說要到頂樓喝酒
我想起我們曾經手握西域夜光杯
斟葡萄美酒舉杯對月的那時

天空還是昔日的
剩下一點星光與月色
苦苦等待燈影幢幢的城市醒來
愛沒有距離卻有濃淡
時間如水沖淡一罈酒味
醇厚是不足了

「執子之手，與子偕老」
你唱起詩經的神情與月光同等迷人
天空卻再也忍不住　狂咳
出一口鮮血

看我聽我你就會知道

20110912

天上的雲朵沒有歸處
地上的雲彩沒有畫布

天邊的彩虹依賴著雨滴給的光彩
地上的霓虹不會亮出自己最初的色調

飄動的風吹不起雲朵的重量
狂風來時雲朵早已失去蹤影

有誰能裝一隻大網網羅白雲的方向
有誰能以一個大甕收藏狂風的淚水

天地悠悠地跑
於是，雲也跟著飛揚
八方五垓直到地老天荒

而我，不是雲朵
也是雲朵

今年中秋的月是否特別明

20110912

月影乍現偷去我們的焦慮眼神
等待的時候沒有等待
中秋的中秋只有月亮最值得期盼
小機車載著厚重的三個人
尋月訪月追月一路上
我們從這一頭奔向另一端
而風歸去雲來影
所有的現實都在販賣真情
沒有足夠的銀兩你休想買到月光

烏雲總是遮蔽
老是洋洋得意而不知避諱

樹影迷離卻招不來月色眷戀
縱有美酒好音好樂與笑話灌滿肚皮
你的心缺四分之一塊像是張嘴大笑的丑角
被無言的情感網絡遮去半生青春
沉默是最後的跫音
三個人的雙人床顯得太擠
何況還有一人蹲在床邊等待棉被

你不付費哪來的月光眷顧
捲起窗簾也遮不去月影的穿梭
月是自由來去的　與雲追逐浪漫的虛擬世界
沒有光顧的商家搖搖扇子驅走夏末的熱威
秋就到了
白露為霜揭開臉上的面具
終於把謎底徹底展開如一卷剛寫好的經卷

去年的月老在烤肉中烤來吃光
今年的月色躲在雲的簾幕背後餓肚子
你不說話用沉默的羞愧找來蚊子青睞
我拿相機三七步好整以暇地等著月
色如何透出光芒
證明今年的月色確實是唯一的第一名？

中秋的月聽說是最圓的

20110912

老是聽說
你早早收拾好行李
端著八一五前夕的月色回鄉
家裏的老人已為你煮好一碗你最愛的豬腳麵線
以及昨夜剛烤好的新鮮月餅
等你團圓可疑的圓

踩著貝多芬的月光曲你在歸途跳躍著心的跳躍
車窗上畫著十八歲那年秋天離家的眼淚
還有初發芽的小戀情
高速公路的車子跑得比時間還快

心的頻率變動得更快更多
誰說
月圓時該把收藏的情感拿來烤熟一番

三義的木雕師父臉上的皺紋沒有增加一條
可你的愛情已經被刻入雕像裏

去年的秋天圍著人為煙霧的烤肉架
今年不知躲藏在那個矮櫃
還要去買新的嗎
你說
那一尊雕像要賣多少錢啊

我說
今年的中秋沒有月亮

一半躲在雲層裏
另一半被藏在冰凍的晶洞裏

親愛的，變調了

20110909

那把你我坐過的椅子
白蟻曾經在那裏繁衍三代四代
至今

保存期限內的歲月腐朽
發酸的昨日承諾
被寫在彎折的曲調中
生活沒有新鮮的激情說不出紫色桔梗花的濃度
你說
開始清淡的一杯水
沒有結束無味的淚水
泉水乾涸的時候

青蛙們
沉默沒有歌聲

陪你走過的那些路

20110908

於你風霜滿佈的眼眸
不是感嘆，只有空洞的疼
這條路走過數十回
每過一回寫一個故事
整排街燈說不盡夜半的鐘聲如何傳到千里之遙的你那裏
連路旁的榕樹也跟著你的心跳驚詫
五個高潮起落換一張門票　為了
進入你的內心解密

但那左手邊的月亮彷彿昨日未落的夕陽
一抹紅加上昏黃的神情
像是你刻意塗抹的彩妝

沉厚胭脂紅的脣彩喃喃說著
苦楝樹下曾經凝眸的諾言
而這條路竟然走出小徑岔開大道
你讀不到我的傷痕
因為傷痕已然化為深沉的雕塑
樹立在你每日經過的窗前
那藤蔓漸長的疑惑越來越不清明
模糊臉頰成為你與她的足跡
沒有過度的渲染
謠言如風般起起落落
飛到天邊

人生沒有歌也沒有風雨陰晴
那些年編織的愛情篇章抹上鹽巴在風裏吹乾
你說的公主與王子的故事到底有沒有結尾

我好奇的是那些遠揚的蓬草在繞地球一匝後
是否遺漏在冬季
第一道冷風吹降的山巔之前

留予後人說愛情

2011 0906

秋光的影子是一條哀淒的線索
我跟緊著一朵正在嬌豔的扶桑花
藏於綠葉的邊緣

從光的縫隙中瞧見
他與她十八歲
啜飲驚奇的戰慄
張開一把紅色系的小花傘
她撐開一生一世

墓碑是慘白的灰色像那天她吞下最後一口氣
所以說一切皆無

眼睛閉上他與她、他與她或她、她、她之後
花園樓閣與軒窗
院子裏的那株白色茶花開得茂茂盛盛
幾百年來都還站在那裏
等後人參觀
一張門票
也不過就是
十塊錢

秋天的影子

20110906

踩著秋光的影子
收集眷戀

放在透明玻璃瓶裏
日日夜夜
看一眼　哭一次
搖一下　掉一滴
淚

我認識你？不認識你

20110903

你到底是誰？
臉上神情分明是昨夜枕邊的那張
線條分明的面紙
陌生是一片吐司
吃下肚中填飽早餐的空虛

我們倆坐在一起
肩靠著肩
像兩個重疊的夕陽
在他的老花與散光眼鏡中一再重現的暗影

那是黃昏了嗎

是生命的魂魄舉著一張牌寫著小小畏縮的字眼了
嗎？

老愛情啃不動的雞骨頭
向遠方的風箏拉著那條堅持的長線
不，你說錯了，他義正詞嚴地糾正
是謊言與謠言
身影模糊的——
？
愛情如風箏般拉住飛動的方向
不，你說錯了，他義正嚴辭地糾正
是謊言與謠言——

8 月，荷花

荷花不再說話了
在眾多搖晃的綠葉之間

表格

20110831

你的人生是一堆表格
電腦中不可計數的檔案
從年輕走到中年
堆積的歲月沒有呼喊的聲調
只是靜默排列
依序在檔案夾中

你說寫書的人需要很多很多很多——
很多資料（你還嚴謹地眼神望天看地瞧我）
我說你付給這些資料費用
用你每天晚上睡不飽的眼睛
揮拳過度的心臟以及氣喘噓噓的腎臟

並及
打壞的好幾個鍵盤

如果有一天
要我幫你寫回憶錄
我會寫幾行字
你的一生就是這部電腦
電腦中的資料夾
資料夾中的
檔案。

檔案的主人一指一按
便刪除所有
檔案……
……

愛之重

20110830

你別說你愛我
那一個字值千兩黃金（如今金價可貴呢！！）

那一個字？
你問

我說，（小小聲）
就是那一個……「愛」字

突然天地倒轉
你失去了心跳…………

雨後，寂寞的影子開始成形

20110830

你的雨下在山邊
我的雨下在你裏面
雨後，寂寞的影子開始成形

你昨夜吹來的風

20110830

傾倒滿天的思緒鋪天蓋地而來
你透明的哭泣被風雲旋起雙頰的酒窩
蘊藏，曾經的曾經
而時間在向前奔跑

前一秒已成永恆之流
後一秒將喚作未來
而我，只能細數
目送花瓣在風中凋零

昨夜一地黃花
因風吹落

而瘦光了　精神

你用寂寞在敲我的窗

20110830

下大雨了！
外面，你的，寂寞，在敲著我的窗櫺

外面你的寂寞，在敲著我的窗櫺！
外面，你的寂寞，在敲響著，我的窗櫺；
外面你的，寂寞，在敲響著，我的窗櫺，
外面，你的，寂寞，在敲響著我的窗櫺！

你的寂寞，在外面，敲響著，我的窗櫺
你的，寂寞，在外面，敲響著我的窗櫺

你，寂寞，外面，敲響，我的，
寂寞……………………

你的雨下在我的窗前

20110830

今晨，許多零星的夢敲擊著我的窗
砰然心動的瞬間
我輾轉沉沉的睡意
如一葉扁舟泛著江水飄浮在無垠的藍天

你說那必然有某種相似的連繫
諸如影子或是咒語一類
才把我的夢與你的部份拈起來重疊
縱有雨絲飄在綠意的網絡
葉子的呼吸也是那般細微而不能理解

那只是說
曇花盛開純白的那一夜
透明使我們忘記潮濕的翅膀已無法飛起
純真與美溺斃於歲月與生活的泥沼
而我們是詩人，追的不是金銀銅鐵，
卻是文字堆疊出的一峰峰浪語

你的雨下在我的窗前
昨夜到今晨
點點滴滴
始終未停

聽葉子在呼吸

20110829

你把冰雪澆在樹梢
北國的春天常常都有松鼠的足跡

而我的灰塵撣出一堆黑白相片
堆在回憶的樓梯間
本想餵進碎紙機的肚子
卻剎那間停止了呼吸

沒有葉子的樹掛著一輪明月
聽去年的枯葉夾在書扉裏哭著

只有一張椅子靠在窗邊
喃喃說一個遙遠的故事
關於你與我

擁抱

20110828

前言太長
我還來不及進入內文
你就已經脫衣解衫
跳出窗外

擁抱剛好投射過來的月影

綠潭也呢喃

20110828

風湧起沙塵
遮蔽月影
沉沉的夜裏有無盡的愁緒
當瀑布的流動傾洩所有的想望
深潭的綠意就更深更濃了

沉澱在夜的冰涼中
請井底的蛙鳴叫喚出回家的路
青苔來不及清掃
月光早已指出一條大道
只是啊——
那沉入井中的線明顯太短太細

握不滿我內心的焦急

不是你的心意太淺薄
而是我的版圖已經完成並上了色
沒有空白處可以塗鴉
突如其來的降臨打碎　所有正在燃燒的陶器
冰無法降溫　火也撐不起再次的高熱
只知道生命三分之一鼎立畫分出僅有一次的呢喃
柔軟的白色雲帶把詩意寫滿天空

當瀑布的流動傾洩所有的想望
深潭的綠意必然就更深且更濃了

雲月遊戲

20110827

一朵雲潛藏在月影深處，尋找愛情
嫦娥吞著厚片吐司，翹著腳冷冷觀看
不哼一聲
——有一天你必然會明白，……一場……遊戲

登陸的旅人背著厚重的日記
在沙塵湧起的山丘
舉起亙古火樣的弓箭……

我在射月
只要一勺清澈的醴泉
就可以照見長生不老的鏡影

射中那月，消散累世的情仇
只有一朵雲散落
在虛靜的
天空——

找一個晴朗的夜空，讀詩

20110826

讀你的詩需要一點心情
需要一疊沉厚的寧靜加上一杯
濃濃的烏龍茶
把我在白日裏紅塵沾濕的思維曬乾
把飛揚的流言以紗網束緊
再把深處的情感喚出來一如身著白衣的女子

然後
開窗看月
把月光引進濃愁的屋內
沒有雲影
你的文字在思念的軌道裏奔馳

月偷偷溜出家門

20110826

沒有月亮依傍
夜晚的諸多影象顯得那樣深沉
我望向樹梢
錯以為月就掛在山巔
一伸手，竟然穿過你的身影
到達山嵐起霧的那一刻
誰知道白色的開始記載著無限的想像
衣衫飄揚，叢花緩緩綻放唯一的色彩
我張開雙手迎接
那屬於美神的覺受
而你在綠映的大地悄悄靠近
突然現身，並遞給我一朵紅色玫瑰

回應一寸淺淺的微笑
像深邃的海洋淡淡泛起浪潮直達天際
我正怔忡，不知如何尋覓腳下的獨舟
月竟然已經偷偷溜出家門
照在我的窗前——

猜

20110825

關於愛情
在你我互望心的悸動
瞬間，已經完成

詩與你

20110825

輕輕拈起一只骨瓷
褐色咖啡舞動著一襲純白色的裙花
我的唇抿著杯沿沾了一沾

風悄悄撫過窗外的綠意
喝著
你與我
純粹的詩意

找夢

20110825

昨日的夢跑得太快太急
害我一夜輾轉翻越千山萬水
奔波不停

早上，睜開雙眼
夢竟然貼在牆上
喘
息

寂寞 20110824

孤影如冰
冷淡了月的清香

一行鷺鷥輕輕畫過山前的稜線
抱著一本離騷
把屈原的身影寫進了我心底

秋來

20110823

月光的影子虛無了一整個夏天的夜晚
思念串起風鈴難以訴說的鏗鏘
並掀起驚天駭浪

一陣風偷偷溜過
幫我揭開夢想的簾幕
秋
已經站在眼前

日影深處隨著光舞動

20110823

日影深處隨著光舞動
可惜遠方的影子永遠不會知道傳遞的訊息
只有此處喧囂尚在

等待一顆落日奔向山谷

風月已逝
細語漸遠
只剩獨坐的身影深深深地刻在青苔上

秘密

20110821

想偷一個午後回到十八歲那年那天
玻璃窗外銀杏樹葉紛紛的音符
彈奏你瘦長的身影
揮灑一紙墨色的蘭亭

稚嫩的心靈我在尋覓千年
終於抓住唯一的絲線
而你終究是那茫然的霧多情的雨露
高遠的雲飛不上天
你的眼眸積蓄太多冰雪
我的藩籬擋不住狂風的一再窺虐

你終究不明白
那衣衫清輕的雲朵應該在無垠的藍天

飛機起飛

20110821

飛機起飛的瞬間，離地
我哭了。那上面正載著我的靈魂，我的心，我全部的記憶。
雙輪離開地面的那一刻，我聽到空中廣播傳來空服員播放飛機起飛的消息。
我的身體卻還停在停機坪上幾百公尺處，
前面立在地面上的告示說著：未經允許不得跨越。
眼前刀片的鐵圍籬，每一個小圈都圍著一個自己的天空，
劃著每一張臉。
把天空割裂成許多的碎片。

誰告訴我？
我的航班在那一個座位那一個時刻？
何時回到地面？

請安靜 20110821

男人的身體裏住著一個怎樣的靈魂
我非常好奇
自從花架倒塌以後
她就常常一個人自言自語來來回回
在下雨天被雨聲遮掩哭聲的那些年——

男人的心不被解讀
日子還是一樣地吃中餐吃晚餐
只是安靜
安靜
安
靜

安安
靜
靜

我不是小孩，卻住著一個小孩的靈魂

20110820

傾聽，你說一個關於不知什麼的故事
彎著身子，盤坐在橡木的地板上
聽夜深處，鐘乳石洞內傳來你的呼喚
像來自另一個時空的潮音，虛盪如浪如電如霧
我懷疑那頻率的準確性
卻忍不住微笑的表情，忘記世界與他，她或她或她——

我不是小孩，卻住著一個小孩的靈魂

以月光調酒

20110819

捻一小撮月光調酒
或者，加在靜置八小時後的雪碧裏
味道淡了些
不知名的韻味多了點
也罷，
凡種種滋味不過就是
昨夜蘊釀的一壺回憶
被井底的蛙鳴叫透了冰涼

我選擇

20110817

我選擇在日落的黃昏
去追夕陽的餘暉
我選擇在月初的開始
啜飲月色的芬芳
我選擇讓舊有的愛情像一席破舊的毛毯
隨著記憶的淚水蒸發

當天空朗朗
月色柔美如一襲白紗飄灑大地
我何不隨著輕柔的音樂起舞
在微風中，在淡淡的微笑中

繫

20110812

但是心繫著湖面上
那個與自己一模一樣的倒影
雖然，雲可以飛向深深藍色的無邊無際

為何不能跳舞如旋轉的風
一步二步三四快步急速前行
讓所有的眼神隨我的身影畫圓

為何不能將所有回憶裝成了十億個瓶子
讓千眼萬眼的盼望化成白色的灰
一次便灑落在無垠的穹蒼

為何不能把快樂轉換成午後的清音
讓它在銀杏的樹梢輕輕搖蕩
妝點整個世界的綠意盎然

為何為何你眼中流淌出滾燙的水
滾過冰冷的山丘
還融不了千年的雪

天上的白雲始終無法遠遠遠遠地離去
一條線隱然閃爍在空氣裏

男人

20110810

一隻蜈蚣爬過你的鼠蹊
你彎下腰
向我的貞操
禮敬

月光奏鳴曲

20110804

我乘風而來
將隨著奔流的樂音而逝——

你的笑容充滿白色的浪漫
而我渴望汲取如水般的柔情
夜的冰涼浸不透千年的狂熱與愛戀
也換不回消散的歲月

協奏的兩人是一對戀人
從初春走到了冬雪
還在喃喃地訴說愛情
而明年的春天

卻遲遲不肯進門

冬雪冰封所有霜雪
月光剩下殘留的一點掌聲
而你的雙手懸空在黑白鍵盤上
找不到一個安放的音符

我的愛戀始終是過去式的傳統
沒有進化成現代的模樣
前世前世再前世
翻了一翻的歲月還是一樣跳蕩不安
而我卻在其中越來越沉靜
越來越沉默

你的愛戀如照到光影的枝幹

飄搖悸動隨著風的節奏起舞
並停留在不同的枝椏
尋索更美好的花朵
而我卻被影子吹散
讓悲傷灑落在無垠的穹蒼

我隨著風旋舞再旋舞
飄浮在雲間
跟著樂音的腳步
離去

你無解的難題

20110803

你忍不住的春天
想說些什麼
我猜測著

你說
牆外的牽牛花可以證明你的清白
不然　昨日下午恰巧經過
那隻爬牆的壁虎也可以

你躍躍欲動的心逐漸放大
試圖找到一個光明的逗點
為前一句與後一句之間暫時喘口氣

而我剛剛好是一顆碩大的問號
敲在你逗點與逗點之間
胡說。只能變化出三種招式
闖不了江湖
亂言而已。時間簾幕老是拉不攏

你忍不住的春天關不住的春光
老是洩露一絲絲的衣角
但你老愛遊戲，偽裝自己
其實全世界都醒著
只有你在鏡頭前面自己演自己

你想說些什麼
我側耳傾聽
你雖然忍不住的春天

但是
我必然是忍得住的笑意

木乃伊

20110803

我的愛是一具被掏空的木乃伊
剩下千年殘缺的形體
而那個男子
早已將他的影子分裝在不同的空白身體中

我的愛是一具不言不語不動的木乃伊
一堆綿絮、腐肉加上枯乾的纖維
安放在昂貴的棺槨
令眾人觀賞讚嘆且仰望

我的愛剩下殘渣
中藥罐裏倒出的湯水之後

還在冒出濃濃的藥味

我的愛
被那些年輕清純的少女們綑綁
一圈又一圈繞不完的純白紗帶
細細包紮且密不通風
噓！你說
一定要絕對乾燥才令蟲蟻不生
花木不長——

我的愛啊，被沉沉睡著
在金字塔最深刻的地底

蚊子

20110801

請不要再啜飲我紅色的血液
那滿滿的一杯是我這一生所有的愛情

請不要再吸取我的體香
那淡然的薰衣草是我所有的天空

請不要再用美麗的長吻
掩蓋住遐想的邊界
終究抵擋不住
那痛楚的瞬間我已然雲散

7 月，最初或者最後

那個曾經愛過的男人已經失去愛情
而那個被愛的女人終於也不再有愛

隱居

20110730

我想用白色的長紗遮蓋自己
人群裏找不到我的身影

我想要到荒蕪
尋找靈魂、小屋以及
月色流淌河面的靜靜思索

我想放棄你給的身份
讓空白的雲朵重新奔走天際

我想要把髮把骨還給天地
將身軀鋪放成一言難盡的結局

我想要雙眼閉上
讓心遠遠遠遠拉到世界邊境
收不到紅塵訊息

我想要把你放在雕花的寶盒中
卻讓我轉身離去

我想要自己一個人
傾聽蛙鳴荷開與大地喃喃的自語

請你
不要尋找我的呼吸
我已不再
望向
你

世界如何

20110730

哎
這世界不過是一顆塵埃
人們把它看得太重了

悲傷放在天枰上稱
喜樂放在雲朵上飄
怒與哀
則是當成割肉的刀片

其實
這世界不大不小
不過是一個樹梢

葉尖正在發芽
其實
不過是午後牆外一個剛剛飄過的
影子

失約

20110728

心遺留在沙漠
無水無糧無雨露
我讓它在那裏枯乾而死
今天，思念的那個男人沒有出現

月光照不到回家的路
風沙刮起
把約定吹得更遠更遠了

荷花說話

20110728

你的茶已經苦澀很久
自從那一天荷花謝了之後

天邊白雲的消息不會太長
我的嬌嗔失去意義
你怒目看我讓我頓時低矮縮小成一粒芥子

女子身影瀰漫成白色的霧
失去愛情的小屋已然更換藍色宇宙
銀河在深邃裏哭泣
為你而落淚——

荷葉沾染微塵浮粒透顯著紅塵男女
說不清的喃喃愛語
糟糠之期二十　鵲橋懲罰著神話
牛郎玩心狠狠讓天帝氣昏了頭
問誰讓彩衣飄蕩世間破成千萬首唱不完的小曲

夢的纖維一定比現實還細還長還帶著難以抗拒的遐想
年輕貌美必然存放一點點夢幻的精油
塗抹在臉頰頸項還有胸前微披的長髮
於是日光便轉移了照耀的方向
四方傾斜方位不正
我們的星球軌道漸漸趨緩變慢
正在發冷微酸

我終於從年老夢緣的邊境旁爬出

不能甦醒，甦醒是禁不起的長愁
是歲月論斤稱兩之後剩下的生活殘羹
我無力抵抗是因為所有的氣力已奉獻給一生
沒有多餘的存款可以繳納
青春老去的負債

牧牛的午後雖有透雨清涼
但垂首的荷花再也不言不語

碧潭原委

20110728

不要問我
如何截取那一分的波光
夏日碧潭如此清涼
萬兩重量足足沉澱我的愛情

我在岸邊揀拾綠波
與你一起
輕輕挑選我們的過去
歲月被當成了垃圾
我們試圖去找尋丟棄的戀愛
不知道是否還殘留在皺褶的書扉中

那一夜我在你腳踏車的後座
靈魂不小心失去重心
竟掉入你二十歲溫柔的容顏裏
被年少擴大的喧擾
愛情的漩渦始終運轉不息

還記得
深深深的夜裏少人語只有你聲聲憨笑
以及不敢言說酸疼的雙腿
負載著愛情的重量與我的宇宙
在那一刻我誤以為那是你一生永遠的負荷
誤解形成不需要過多的理由
只要一點點浪漫與喝醉酒的溫柔
就好

而我誤解的腦袋竟然僵持了二十幾載
白紗紅毯還有尿布與奶瓶
便將過去滑到眼前
令人措手不及時——
世界翻轉著羽毛的輕量
縱有千指萬足再也捉不住追不著

我想　也許

潭水深而緣像永遠撈不起的記憶
承諾與誓言不知道被那隻肥腫的魚兒吞食殆盡
我們還能挑揀出什麼隻字片語
除了無言無常無以解釋的現在與未來
我們的愛情豈能多說一句

而天邊數抹的彩霞是不是屬於天女的衣帶
足以繫住斷垣殘壁
潭水深層的波紋是不是還在暈眩
找不到高音的合弦

下午喝茶

20110727

澄黃茶湯躺在透明玻璃杯中
肢體放鬆，身心解放
靈魂的大海含有各式文人說不出的成份
任由你金色的精氣神含攝許多
古來的傳說

但下午
喝茶的因由不在於喝茶
在於傍晚黃昏的感覺令人不得不喝一口茶
以為慰解

你說

我喝口高山烏龍茶
能不能感受泡茶者　手的心情
我說
當然可以

你把雙手攤開一如把心解開矜持的扣鈕
迎我入懷
而我捉著一線的記憶加上過度敏感的神經
進入於你
用舌尖輕輕撩起原始的激情
掀起蕩漾的微波
像雨，
像清晨剛飄下的微雨淡然卻堅定地
灑落大地

一點苦味潤過喉間便覺深沉醇厚
你說苦味是否殘留世間，一如流過的淚會不會永遠流浪
我說苦後的甘甜無人能解
啜飲的喉唇最能知曉

所以啊
我只好移張倚子
輕靠窗臺
細數午後窗外的斜陽

遺忘

20110726

遺留在這世界上的一個蛛網
縮在牆角喃喃自語
自從遇見那個邋遢的男子之後
就再沒有安寧的日子可用
蠟燭燃燒在自己的紅色影子裏
淚痕澆濕了所有的床單枕頭
另一個女子的笑依舊跨過山頭傳了過來
隱隱地　卻
一個接著一個

想你

20110726

想你想到睡夢裏去了
這句話擾亂我的心房
我走到廚房
想裝水給飲水機喝
泡一點茶
但這句子繞著我
不肯離去　讓我心悸不已
我只好再回到電腦前給你寫信
女人最難抵擋耳朵裏滿滿的蜜糖
總是連靈魂都掏出來獻給你

茶香喚我從夢中醒來

20110726

你端一杯剛泡的好茶
到我的床前
金澄澄的湯水輕輕搖晃
著全身透明的清澈
喚我
喚我的名
我的靈魂藏存在睡眠的國度
你以清音將我拉出

噓
輕聲點

輕聲

點

別讓黑夜的國王聽見

我正在甦醒

趕往太陽的方向

你不知道的事

20110725

那天我們約好到城市的一隅尋找歡樂
你說偷偷的感覺像與上帝遊戲
有某些說不出談不上的快意

家裏的女人那會知曉
我奔忙的馬蹄轉著數不清的輪圈
千里之遙早在視覺的感官之外
你說
我只看你的笑你的眉你的低首——
家裏陳列著腐朽的肉體慣性的規矩

飯團填充孩子的胃液之後便只剩下撈不完的碎言爛語
那有你的美麗
令我心顫雀悅不已
千年之外歌詠的語句還聲聲在耳唸唸不息

你不知道的事太多但我永遠當成秘密
我畫上的面皮早在千年以前準備完畢
用來徐徐尋惑你

這世上女子太多男子太濁
我的肉體早成灰燼重新組起
只因指尖微微一點的恨意
我自千年以來永不止息

我愛你的快意與戰慄

最初的與最後的
趁我的肉體尚未洩露森森白骨氣息
我趕緊呼吸你所有空氣
當你以為愛情最後的一口氣是人世間最美好的激情
我將帶著所有的狂笑離去

——註：「畫皮」乃聊齋其中一篇，看過畫皮之後有感。

回眸

20110724

你一笑
世界也跟著神魂顛倒

幾千年來
多少女子的笑
你數不清的眷戀
都僅僅存在於
三千大千世界中的一個小小的幻象

哭也是——

海岸線畫著我的憂傷

20110702

海岸線起伏你的心情
影子起落與車子行進的方向一致時
沙灘曲折如彎腰的人生
潮水帶來又帶走
你手中一塊殘缺的月光像突然掉在地面的餅
不停在水面上辯論抗爭
時間處於空間的夾縫中
拉長的臉吹著海風
據說一個美麗的夢曾經建成過
卻泡滅了
你舉起掃帚在沙灘上畫著畫著

消滅痕跡
但記憶好鹹好鹹
透過水波震動傳遞訊息
終究追尋候鳥的羽毛
掉落時
波紋不驚
便
沉下海底

我們的情詩

20110701

我們的情詩寫到了最後一頁
最後一段
最後一行
最後
一個
字

……………………

讀詩人28　PG0839

玫瑰的國度

作　　者	蕓　朵
責任編輯	王奕文
圖文排版	彭君如
封面設計	陳佩蓉

出版策劃	釀出版
製作發行	秀威資訊科技股份有限公司 114 台北市內湖區瑞光路76巷65號1樓 電話：+886-2-2796-3638　傳真：+886-2-2796-1377 服務信箱：service@showwe.com.tw http://www.showwe.com.tw
郵政劃撥	19563868　戶名：秀威資訊科技股份有限公司
展售門市	國家書店【松江門市】 104 台北市中山區松江路209號1樓 電話：+886-2-2518-0207　傳真：+886-2-2518-0778
網路訂購	秀威網路書店：http://www.bodbooks.com.tw 國家網路書店：http://www.govbooks.com.tw
法律顧問	毛國樑　律師
總 經 銷	創智文化有限公司 236 新北市土城區忠承路89號6樓 電話：+886-2-2268-3489　傳真：+886-2-2269-6560 博訊書網：http://www.booknews.com.tw

出版日期	2012年12月　BOD一版
定　　價	300元

國家圖書館出版品預行編目

玫瑰的國度 / 蕓朵著. -- 一版. -- 臺北市：釀出版, 2012.12
面； 公分. --（語言文學類；PG0839）
BOD版
ISBN 978-986-5976-82-8（平裝）

851.486 101020474

讀者回函卡

感謝您購買本書，為提升服務品質，請填妥以下資料，將讀者回函卡直接寄回或傳真本公司，收到您的寶貴意見後，我們會收藏記錄及檢討，謝謝！如您需要了解本公司最新出版書目、購書優惠或企劃活動，歡迎您上網查詢或下載相關資料：http:// www.showwe.com.tw

您購買的書名：______________________________

出生日期：________年________月________日

學歷：□高中（含）以下　□大專　□研究所（含）以上

職業：□製造業　□金融業　□資訊業　□軍警　□傳播業　□自由業

□服務業　□公務員　□教職　□學生　□家管　□其它____

購書地點：□網路書店　□實體書店　□書展　□郵購　□贈閱　□其他

您從何得知本書的消息？

□網路書店　□實體書店　□網路搜尋　□電子報　□書訊　□雜誌

□傳播媒體　□親友推薦　□網站推薦　□部落格　□其他________

您對本書的評價：（請填代號　1.非常滿意　2.滿意　3.尚可　4.再改進）

封面設計____　版面編排____　內容____　文／譯筆____　價格____

讀完書後您覺得：

□很有收穫　□有收穫　□收穫不多　□沒收穫

對我們的建議：______________________________

____

____

____

請貼
郵票

11466
台北市內湖區瑞光路 76 巷 65 號 1 樓
秀威資訊科技股份有限公司 收
BOD 數位出版事業部

（請沿線對折寄回，謝謝！）

姓　名：＿＿＿＿＿＿＿＿　年齡：＿＿＿＿　性別：□女　□男

郵遞區號：□□□□□

地　址：＿＿＿＿＿＿＿＿＿＿＿＿＿＿＿＿

聯絡電話：(日)＿＿＿＿＿＿＿＿(夜)＿＿＿＿＿＿＿＿

E-mail：＿＿＿＿＿＿＿＿＿＿＿＿＿＿＿＿